Sternenschweif

Sprung in die Nacht

Linda Chapman

Sternenschweif

Sprung in
die Nacht

Umschlaggestaltung von Atelier Reichert, Stuttgart,
unter Verwendung einer Illustration von Andrew Farley.
Aus dem Englischen übersetzt von Bettina Schaub.

Titel der englischen Originalausgabe:
Linda Chapman: My secret unicorn – Dreams come true
© Working Partners Ltd. 2002
First published by Puffin Books, London 2002
Textillustrationen © Biz Hull

Weitere Bände dieser Reihe siehe S. 127

Dieses Buch folgt den Regeln der neuen deutschen Rechtschreibung.

Bibliografische Information der Deutschen Bibliothek
Die Deutsche Bibliothek verzeichnet diese Publikation in der
Deutschen Nationalbibliografie; detaillierte bibliografische Daten
sind im Internet über http://dnb.ddb.de abrufbar.

Gedruckt auf chlorfrei gebleichtem Papier

1. Auflage
© 2004 Franckh-Kosmos Verlags-GmbH & Co. KG Stuttgart
Alle Rechte vorbehalten
ISBN-13: 978-3-440-09900-1
ISBN-10:   3-440-09900-8
Redaktion: Ina Pfitzer
Layout: Ralf Paucke
Produktion: Ralf Paucke
Printed in the Czech Republic/Imprimé en la République tchèque

1

„Gleich ist es so weit, Sternenschweif",
flüsterte Laura Foster dem grauen Pony
zu, das neben ihr stand. Sie betrachtete die
sternförmigen Blüten in ihrer Hand. Auf
der Spitze jedes Blütenblatts leuchtete
ein goldener Punkt. Ihr Pony stampfte mit
den Vorderhufen auf und stupste seinen
Kopf ungeduldig gegen Lauras Hand.

„Nur noch ein paar Minuten", beschwich-
tigte sie es und schaute nach oben. Die
Sonne war fast untergegangen. Dies war der
Augenblick, auf den sie den ganzen Tag
sehnsüchtig gewartet hatte. Als die letzten

Strahlen der Sonne hinter den Bergen verschwanden, erschien über ihnen am Himmel ein strahlend heller Stern.

Ein Schauder durchfuhr Laura. Jetzt war es so weit! Vorsichtig zerrieb sie die Blütenblätter zwischen ihren Fingern, dabei flüsterte sie die geheimen Worte des Zauberspruchs:

Silberstern, Silberstern,

hoch am Himmel, bist so fern.

Funkelst hell und voller Macht,

brichst den Bann noch heute Nacht.

Lass dies Pony grau und klein

endlich doch ein Einhorn sein.

Kaum hatte sie das letzte Wort gesprochen, erhellte ein grellvioletter Blitz den Himmel.

Das Gras, auf dem Sternenschweif eben noch gestanden hatte, war leer. Laura blickte auf. Ein schneeweißes Einhorn zog galoppierend seine Kreise durch die Lüfte.

„Sternenschweif!", rief Laura strahlend vor Freude. Sternenschweif schlug vergnügt mit den Hinterbeinen aus, setzte zum Sturzflug an und landete neben Laura.

„Hallo, Laura." Sanft blies das Einhorn seinen Atem in ihr Gesicht. Seine Lippen bewegten sich nicht, dennoch konnte Laura jedes seiner Worte klar und deutlich verstehen. Sie erinnerte sich an das, was Sternenschweif ihr in der vergangenen Nacht erklärt hatte, in der sie ihn zum ersten Mal in ein Einhorn verwandelt hatte. Solange sie ihn berührte oder ein Haar aus seiner Mähne in den Händen hielt, konnte sie ihn sprechen hören.

Laura umarmte Sternenschweif ganz fest, dann schaute sie auf die Blütenblätter, die sie immer noch in der Hand hielt. „Ich habe sie ja dieses Mal gar nicht auf den Boden fallen lassen."

Sternenschweif schüttelte seine lange, silberne Mähne. „Das musst du nicht mehr. Die Blüten der Mondblume brauchst du nur, wenn der Zauberspruch zum ersten Mal aufgesagt wird. Jetzt musst du nicht einmal mehr auf den Silberstern warten. Von nun an reicht es, wenn du die magischen Worte sprichst. Und du kannst mich sprechen hören, auch ohne dass du mich berührst." Seine Hufe scharrten ungeduldig über das Gras. „Komm, Laura. Lass uns zusammen fliegen."

Das musste er nicht zweimal sagen. Blitzschnell kletterte Laura auf seinen Rücken.

Sternenschweif schwang sich in die Luft empor und Laura lachte glücklich auf, als der Wind durch ihr Haar fuhr. Sie hielt sich an Sternenschweifs langer Mähne fest.

„Ich fliege schon besser als gestern", stellte Sternenschweif zufrieden fest und galoppierte wunderbar ruhig durch die Luft.

„Absolut!", erwiderte Laura begeistert.

In der vergangenen Nacht waren Sternenschweifs Flugkünste noch ziemlich unsicher und Laura war sehr dankbar gewesen für die Zauberkraft des Einhorns, die sie vorm Runterfallen beschützt hatte! Heute blickte sie schon wesentlich entspannter auf die Felder und Wälder, die unter ihr vorbeizogen.

Sternenschweif hatte eine Idee. „Lass uns zum Wald fliegen und gemeinsam über die Wipfel der Bäume springen."

Laura war sofort Feuer und Flamme. „Aber es darf nicht zu lange dauern, sonst wundern Mum und Dad sich noch, wo ich bleibe."

Sternenschweif änderte seine Richtung und nahm Kurs auf den Wald, der die Berge hinter Lauras Zuhause bedeckte.

Die benachbarten Farmen breiteten sich unter ihnen aus. Eine von ihnen zog Lauras Blick ganz besonders an – ein weißes, schiefergedecktes Farmhaus mit rot gestrichenen Scheunen, das sich am Rand des Waldes an den Berg schmiegte. „Das ist die Gänsebachfarm. Dad hat heute den Besitzer kennen gelernt. Er heißt Mr Miller. Seine Tochter Mel ist so alt wie ich und sie hat auch ein Pony. Dad hat ausgemacht, dass ich die beiden morgen besuche, und du darfst auch mitkommen!"

„Klingt prima!", erwiderte Sternenschweif.

Plötzlich durchfuhr Laura ein Gedanke.

„Was passiert, wenn Mels Pony merkt, dass du ein Einhorn bist?" Sie wusste, dass niemand Sternenschweifs Geheimnis entdecken durfte. Eine geheimnisvolle Buchhändlerin, Mrs Fontana, hatte ihr geholfen, den Zauberspruch zu finden, mit dem sich Sternenschweif in ein Einhorn verwandelte. Sie hatte ihr versprechen müssen, Sternenschweifs Geheimnis gut zu hüten. Sonst könnte er in große Gefahr geraten!

„Er wird mich als Einhorn erkennen. Aber das macht nichts", beruhigte Sternenschweif sie. „Pferde und Ponys wissen, dass das Geheimnis eines Einhorns nicht verraten werden darf."

„Wissen denn alle Tiere, dass es Einhörner gibt?", fragte Laura.

Sternenschweif schüttelte den Kopf. „Nur Pferde und Ponys kennen das Geheimnis der Einhörner. Aber auch andere Tiere spüren manchmal, dass ich anders bin." Er flog tiefer, bis seine Hufe die Wipfel der Bäume streiften. „Wie sieht es aus? Bist du bereit für eine kleine Springrunde?"

„Darauf kannst du wetten!", erwiderte Laura begeistert. „Los geht's!"

Übermütig galoppierte Sternenschweif durch die Luft und trug sie zum Wipfel einer hohen Tanne. Sie sprangen von Baum zu Baum und Laura war fast schon schwindelig, so viel Spaß machte das. Am Ende des Waldes angekommen, stieg Sternenschweif höher und drehte einen wunderschönen Looping. Laura konnte nicht anders, ausgelassen stieß sie einen lauten Freudenschrei aus.

Doch leider schon viel zu schnell wurde es höchste Zeit, nach Hause zurückzukehren. „Wenn wir noch länger fortbleiben, werden Mum und Dad anfangen, sich Sorgen zu machen."

Sternenschweif nickte zustimmend und sie flogen zurück zur Farm.

Nachdem Sternenschweif auf seiner Koppel gelandet war, stieg Laura ab und sagte einen zweiten Zauberspruch auf. Wieder durchzuckte ein violetter Blitz die Luft. Aber dieses Mal hatte sich Sternenschweif von einem Einhorn in ein kleines, graues Pony zurückverwandelt.

„Unsere Springrunde war toll. Vielen Dank und schlaf gut." Laura umarmte Sternenschweif noch rasch, bevor sie ins Haus zurückrannte.

Ihr Vater war in der Küche. Er schaute auf die Küchenuhr, als sie hereinkam. „Du warst aber ziemlich lange weg."

„Ich konnte mich einfach nicht von Sternenschweif trennen." Lauras Herz schlug aufgeregt. Zu ihrer großen Erleichterung lächelte ihr Vater. „Es freut mich sehr, dass du mit deinem neuen Pony so glücklich bist. Findest du nicht auch, dass das Leben hier draußen viel besser ist als das Leben in der Stadt?" „Absolut!" Laura stimmte ihm von ganzem Herzen zu. Zwar war ihre Familie erst vor ein paar Tagen hierher aufs Land gezogen, damit ihr Vater seinen Traum wahr machen und Farmer werden konnte. Doch Laura fühlte sich schon ganz zu Hause.

Auf dem Weg nach oben hörte sie Gelächter aus dem Zimmer ihres Bruders. Neugierig stieß sie die Tür auf. Ihr kleiner Bruder

Max lag schon im Bett. Buddy, der junge Berner Sennenhund, den sie erst vor einigen Wochen gekauft hatten, stand auf den Hinterbeinen und stützte sich mit seinen großen, weißen Vorderpfoten auf dem Bett ab. Seine rosa Zunge hing heraus, während er versuchte, jeden Zentimeter von Max' Gesicht abzulecken.

„Also wirklich, Max, ich glaube, er würde auch noch zu dir ins Bett klettern, wenn ich ihn nur ließe." Mrs Foster schubste den kleinen, braun-schwarzen Hund auf den Boden zurück. „Buddy, du bist wirklich unmöglich", schimpfte sie ihn, aber sie lächelte dabei.

Buddy sprang auf Laura zu. Wieder einmal schaffte er es nicht, rechtzeitig zu bremsen, und schlitterte mit vollem Schwung in sie hinein.

„Uff", rief Laura aus. „Du wiegst mindestens schon eine Tonne, Buddy!"

„Warte erst mal ab, bis er voll ausgewachsen ist." Mrs Foster lachte. „Jetzt solltest du aber auch ins Bett gehen, Laura. Dad und du werdet morgen früh um halb zehn bei den Millers erwartet. Das heißt, du musst früh aufstehen, wenn du Sternenschweif rechtzeitig gefüttert und geputzt haben willst." Laura nickte.

„Ich hoffe, dass du dich mit Mel Miller gut verstehen wirst. Es wäre schön, wenn du eine Freundin hättest, mit der du zusammen reiten könntest."

Da konnte Laura ihrer Mutter nur zustimmen! „Hoffentlich ist Mel nett."

Als sie in ihr Zimmer ging, dachte sie über den nächsten Tag nach. Ob Mel überhaupt ihre Freundin werden wollte? Und ob sie Mel mögen würde? Sie wünschte es sich jedenfalls.

Sie zog ihren Schlafanzug unter ihrem Kopfkissen hervor und ging zum Fenster. Sie konnte die Gipfel der Berge sehen, die hinter dem Haus aufragten. Und – das war das Beste – sie konnte Sternenschweifs Stall und die Koppel sehen.

„Gute Nacht, Sternenschweif", flüsterte sie, als ihr Blick auf die schattenhafte Gestalt des kleinen grauen Ponys fiel, das in der Nähe des Gatters graste.

„Ich bin sehr gespannt, was der morgige Tag uns bringen wird."

Sternenschweif schaute hoch und schnaubte. Bestimmt hatte er sie bemerkt. Sie warf ihm eine Kusshand zu und schloss lächelnd die Vorhänge.

2

„Buddy, komm sofort hierher!" Während
Laura am nächsten Morgen ihr Müsli aß,
kroch Max unter dem Küchentisch herum
und versuchte seinen Hund einzufangen.

Mr Foster stand an der Tür und unter-
hielt sich mit den beiden Farmarbeitern,
die ihm bei der Versorgung der Milch-
kühe und der zehn Schweine halfen. „Ich
möchte die Kälber heute Morgen auf die
untere Weide bringen", erklärte Mr Foster
gerade.

Mrs Foster telefonierte. „Ja, wir leben
uns so langsam ein", sagte sie, eine Hand

fest an das freie Ohr gepresst, um den Lärm in der Küche nicht zu hören.

Laura stand auf und stellte ihre leere Müslischüssel in die Spülmaschine. „Ich gehe jetzt und mache Sternenschweif fertig."

Als sie vor die Tür trat, schien die Aprilsonne schon warm und das erste frische Grün zeigte sich an den Bäumen. Laura atmete die Frühlingsluft tief ein, dann rannte sie den Weg vom Haus zur Koppel hinunter. Sternenschweif wartete bereits am Gatter auf sie. Als er sie sah, wieherte er ihr zur Begrüßung entgegen.

„Guten Morgen, mein Kleiner." Laura kletterte über das Gatter. „Ich wette, du freust dich schon auf dein Frühstück."

Sternenschweif rieb seinen Kopf an ihrer Schulter. Laura ergriff sein Halfter, führte ihn zum Stall und füllte seinen Futtereimer.

Während Sternenschweif fraß, warf Laura einen Blick auf die Uhr. Viertel nach acht. Also hatte sie noch eine Stunde Zeit, um Sternenschweif zu putzen, bevor sie sich mit ihrem Vater auf den Weg zu den Millers machen musste.

Eine halbe Stunde später trat Laura zufrieden einen Schritt zurück, um ihre Arbeit zu bewundern. Sternenschweifs struppiges Fell sah viel sauberer aus, seine Hufe glänzten vom Huföl und sein frisch gewaschener Schweif war schon fast getrocknet.

„Jetzt siehst du richtig prima aus." Sternenschweif wieherte zustimmend.

„Buddy, komm sofort zurück!", hörte sie plötzlich Max rufen.

Laura blickte sich um. Buddy raste den Weg hinunter auf sie zu, seine schwarzen Ohren hüpften auf und ab, seine riesigen weißen Pfoten flogen über das Gras. Max versuchte vergeblich, ihn einzuholen.

„Buddy, pass auf!" Laura hielt die Luft an, als der junge Hund direkt auf den Eimer mit dem Putzwasser für Sternenschweif zusteuerte. Buddy versuchte zu bremsen, aber dafür war es längst zu spät. Er schlitterte schnurstracks gegen den Eimer, aus dem ein Schwall schmutziges Wasser schoss.

Sternenschweif schnaubte erschrocken und sprang, so weit es ging, zurück. Umsonst – schmutziges Wasser traf sein sauber geputztes Fell.

„Buddy!", schrie Laura auf. Erbost drehte sie sich zu Max um. Der stand wie angewurzelt auf dem Weg, eine Hand vor dem Mund, die blauen Augen vor Schreck weit aufgerissen.

„Es tut mir Leid, es tut mir schrecklich Leid", stammelte Max und rang nach einer Erklärung. „Ich habe bloß kurz die Hintertür aufgemacht und Buddy ist sofort rausgerannt. Ich konnte ihn einfach nicht aufhalten, Laura."

Laura seufzte ergeben. Es hatte keinen Zweck, auf Max sauer zu sein. Es war schließlich nicht seine Schuld, dass Buddy so ungeschickt war. „Ist schon gut. Ich werde Sternenschweif einfach noch einmal putzen müssen."

„Ich helfe dir dabei", sagte Max eifrig.

Laura nahm ein Handtuch aus ihrer Putzkiste und gab es ihrem Bruder. „Danke für deine Hilfe."

„Schau mal!" Max deutete auf seinen kleinen Hund. Der kroch bäuchlings auf Sternenschweif zu, seine Ohren waren gespitzt und sein Schwanz wedelte wie verrückt. „Wuff!" Bellend machte er einen Satz rückwärts. „Wuff! Wuff!" Dann setzte er sich und legte den Kopf auf die Seite.

„Was hat er denn bloß?", fragte Max verwundert.

„Keine Ahnung!", erwiderte Laura. Sie versuchte den Hund wegzuziehen, aber Buddy ließ sich keinen Zentimeter bewegen. Wie festgewachsen starrte er Sternenschweif weiter an. Laura begann sich Sorgen zu machen. Ob Buddy irgendwie spüren konnte, dass Sternenschweif kein normales Pony war? Sie griff wieder nach dem Halsband. „Nimm du Buddy, Max. Du solltest ihn besser ins Haus zurückbringen. Sternenschweif könnte ihn aus Versehen treten, wenn er ihm zu nahe kommt."

„Aber ich wollte dir doch helfen", beschwerte sich Max.

„Danke, ich komme schon alleine klar." Max öffnete den Mund, um zu protestieren, aber Laura kam ihm zuvor. „Du willst doch wohl nicht, dass Buddy verletzt wird, oder?"

„Natürlich nicht." Max packte Buddys Halsband. Während ihr Bruder den Hund zurück ins Haus zerrte, kaute Laura nervös auf ihrer Lippe. Wenn Buddy sich so vor ihrer Mutter oder ihrem Vater verhielt, würden die beiden misstrauisch werden. Sie sah Sternenschweif an. Das Pony schaute Buddy hinterher und Laura war sich sicher, dass er genauso besorgt war wie sie.

Um Viertel nach neun ritt Laura von der Farm. Ihr Vater ging neben Sternenschweif her. Die Gänsebachfarm war nicht weit entfernt und bald befanden sie sich auf dem Zufahrtsweg, der zum Haus führte. Eine Tür öffnete sich und ein großer schwarzhaariger Mann trat auf die Veranda. „Mike!" Er ging ein paar Schritte auf Mr Foster zu, um ihn zu begrüßen. „Hallo!

Und du bist bestimmt Laura. Mel kann es kaum erwarten, dich kennen zu lernen. Sie ist gerade bei Silver, ihrem Pony. Komm mit, ich bringe dich zur Koppel."

Laura folgte ihm mit Sternenschweif. Als sie hinter dem Haus ankamen, erblickte sie eine Koppel, auf der zwei Sprünge aufgebaut worden waren. Ein kleiner Apfelschimmel war am Zaun angebunden, ein Mädchen mit schwarz gelockten Haaren stand neben ihm und striegelte sein glänzendes Fell.

„Mel!", rief Mr Miller laut.

Das Mädchen drehte sich um. Als sie Laura erblickte, erschien ein breites Lächeln auf ihrem Gesicht. „Hallo!" Sie legte die Bürste beiseite und lief auf die beiden zu. „Ich bin Mel."

„Und ich heiße Laura", erwiderte Laura ein wenig befangen.

„Dein Pony sieht toll aus. Wie heißt es denn?", wollte Mel wissen.

„Sternenschweif", erwiderte Laura und stieg ab.

„Sternenschweif", wiederholte Mel nachdenklich und tätschelte seinen Hals. „Gehörte der nicht Jana Roberts?"

„Stimmt genau", antwortete Laura überrascht.

Mel nickte. „Ich dachte gleich, dass ich ihn kenne. Ich bin in demselben Ponyclub wie Jana." Sie lächelte Laura an. „Mein Pony heißt Silver. Möchtest du nicht mitkommen und ihn begrüßen?" Laura nickte eifrig.

„Dann lassen wir euch Mädchen jetzt allein mit euren Ponys", schlug Mr Miller vor. „Wir sind im Haus, wenn ihr uns braucht."

Laura und Mel nickten zustimmend. „Wie lange hast du Silver denn schon?", wollte

Laura wissen, während sie mit Sternenschweif auf Silver zuging, um ihn zu begrüßen.

„Sechs Monate. Ich konnte es kaum
glauben, als meine Eltern ihn für mich
kauften. Ich wollte schon immer ein eige-
nes Pony – solange ich denken kann. Ich
glaube, ich wurde mit dieser Ponybegeis-
terung geboren."

„Ich auch!" Laura grinste breit. Sie konnte Mel bestens verstehen.

Silver drehte seinen Kopf zu Sternenschweif und betrachtete ihn. Gespannt
hielt Laura den Atem an. Was, wenn er sich
genauso seltsam verhielt wie Buddy?

Einen Moment lang starrte das Pony
Sternenschweif an, aber dann schnaubte es
nur leise und streckte ihm seinen Kopf zur
Begrüßung entgegen.

Sternenschweif erwiderte die Begrüßung.
„Sie mögen sich!" Mel strahlte. „Es ist so
cool, dass wir Nachbarn sind. Da können wir
in Zukunft öfters was zusammen machen."

Ein Glücksgefühl breitete sich in Laura aus.
Es sah aus, als hätte sie eine neue Freundin.

„Ich sattle schnell Silver", schlug Mel
vor. „Und dann spielen wir Fangen auf der
Koppel."

Laura und Mel hatten viel Spaß bei ihrem Spiel. Silver war flink und wendig, aber Sternenschweif war auch ziemlich schnell. Sie jagten sich rund um die Koppel und versuchten sich gegenseitig abzuklopfen. Dann veranstalteten sie einen Eierritt, einen Trabwettbewerb und später ein Slalomrennen, bei dem sie um einige Stangen galoppieren mussten, die sie in den Boden gesteckt hatten. „Das macht viel mehr Spaß als allein zu reiten!", erklärte Mel begeistert, als sie das Rennen mit einem Gleichstand beendet hatten. „Wollen wir als Nächstes springen?", fragte Laura mit einem Blick auf die Hindernisse.

Das Strahlen wich schlagartig aus Mels Gesicht. „Das geht nicht", entgegnete sie niedergeschlagen. „Silver springt nicht. Letzten Monat war ich mit ihm auf einem

Turnier vom Ponyclub, aber er ging nicht mal in die Nähe eines Hindernisses. Schau nur mal."

Sie galoppierte mit Silver auf einen der Sprünge zu. Doch anstatt das Tempo zu halten, fiel das Pony in Trab und dann in einen stockenden Schritt. Mel trieb ihn mit den Schenkeln an, aber das nützte auch nichts. Kurz vor dem Sprung blieb Silver einfach stehen.

„So macht er das jedes Mal", sagte Mel, als sie zu Laura zurückritt. „Ich weiß einfach nicht, was ich machen soll. Am Samstag findet wieder ein Turnier statt und Jana und ihre Freundin Monica waren schon letztes Mal so gemein zu uns, als Silver nicht springen wollte."

Laura hatte eine Idee. „Vielleicht folgt er Sternenschweif über das Hindernis?"

Doch selbst als Sternenschweif vor ihm über ein Hindernis sprang, verweigerte Silver. Jedes Mal, wenn Mel mit ihm auf das Hindernis zuritt, wurde er langsamer und legte die Ohren zurück.

„Es hat keinen Zweck." Mel seufzte. „Er will einfach nicht springen." Sie tätschelte Silvers Hals. „Aber das macht nichts, Silver. Ich habe dich trotzdem lieb, ob du nun springen kannst oder nicht."

Obwohl Mel sich zu einem Lächeln zwang, sah Laura genau, wie unglücklich ihre neue Freundin war. „Ich werde versuchen, euch zu helfen", versprach Laura. „Wir können es ja morgen nach der Schule vielleicht noch einmal versuchen."

„Das wäre toll." Mel sah nicht mehr ganz so traurig aus. „Gemeinsam müsste uns doch etwas einfallen."

Sie sattelten die Ponys ab und brachten sie zum Grasen wieder auf die Koppel. Danach führte Mel Laura auf der Farm herum. Am Ende des Weges, der zum Stall führte, ragte ein riesiger, rot gestrichener Heuschober auf. Dort hatte Mels Katze, Minny, vor drei Wochen zwei Junge zur Welt gebracht.

Mel führte sie zu ihrem Versteck und Laura betrachtete entzückt die beiden winzigen, schwarzen Kätzchen, die sich eng an ihre Mutter schmiegten. Minny hatte es sich im Heu an der hinteren Wand des Schobers gemütlich gemacht. Die beiden Kätzchen schliefen tief und fest neben ihr.

„Wie heißen sie denn?", fragte Laura leise.

„Star und Blacky", flüsterte Mel zurück. „Meine Eltern haben gesagt, dass ich sie beide behalten darf."

Als sie den Weg zur Koppel und zum Haus zurückgingen, hatte Mel eine Idee. „Weißt du was, du solltest auch in den Ponyclub eintreten. Wir veranstalten jeden Monat Spieletage und Turniere. Es finden auch andere Wettbewerbe statt und im Sommer gibt es sogar ein Sommerlager."

Laura zögerte, weil sie an die beiden Mädchen dachte, die so gemein zu Mel gewesen waren.

Mel schien ihre Gedanken zu erraten. „Jana und Monica sind die Einzigen, die so sind. Die anderen in meiner Gruppe sind wirklich nett."

„Das klingt gut. Ich werde meine Eltern fragen."

„Ihr zwei seht aus, als hättet ihr jede Menge Spaß gehabt." Mr Foster schmunzelte, als

Laura und Mel in die riesige Küche liefen. Mr Miller und er saßen am Tisch und tranken Kaffee.

„Das stimmt! Wir sind erst geritten, dann hat Mel mich herumgeführt und gerade hat sie mich gefragt, ob ich nicht auch Mitglied im Ponyclub werden möchte." Gespannt blickte Laura zu Mel hinüber, die eifrig nickte.

„Wir könnten gemeinsam auf Turniere gehen. Das wäre so cool!", fügte Laura hinzu. „Sag ja, Dad, bitte."

Mr Foster lächelte. „Das klingt nach einer guten Idee."

„Irgendwo habe ich hier auch die Telefonnummer der zuständigen Dame." Mr Miller stand auf und wühlte in einem Stapel Papiere neben dem Telefon. „Ah, da ist sie ja." Er schrieb die Nummer auf einen Zettel und reichte ihn Mr Foster.

„Es ist ein guter Ponyclub. Die Kinder lernen dort eine ganze Menge. Am nächsten Wochenende findet wieder ein Turnier statt. Ich kann Laura und Sternenschweif gerne in unserem Pferdetransporter mitnehmen, wenn sie möchten."

„Vielen Dank." Mr Foster steckte den Zettel ein. „Ich werde dort anrufen, sobald wir wieder zu Hause sind."

Laura und Mel tauschten zufriedene Blicke aus.

„Ich bin so froh, dass du hierher gezogen bist", sagte Mel zum Abschied, als Laura wieder auf Sternenschweif saß, um nach Hause zu reiten.

„Ich finde es auch toll, dass ich so nah bei dir wohne", erwiderte Laura und schenkte ihr ein fröhliches Grinsen.

„Jetzt müssen wir aber wirklich los!"

Mr Foster tätschelte Sternenschweifs Hals.

„Auf geht's!"

Mel lief noch ein Stück neben ihnen her.

„Wir sehen uns morgen in der Schule!",
rief sie, als Laura vom Zufahrtsweg auf die
Straße ritt.

„Dann magst du Mel also?", fragte ihr
Vater auf dem Heimweg.

„Oh ja! Wir hatten so viel Spaß zusammen mit unseren Ponys." Laura streichelte
Sternenschweifs Hals. Doch sie konnte
nicht aufhören an Silvers Problem zu denken. Sie würde ihm zu gerne helfen. Aber
wie?

3

Nach dem Abendessen zog Laura ihre Sporthose an. Die Sonne war gerade erst untergegangen und sie wollte so rasch wie möglich nach draußen.

„Ich schaue noch mal schnell nach Sternenschweif", sagte sie zu ihrer Mutter.

Ihre Mutter hatte nichts dagegen. „Aber bleib nicht zu lange draußen. Denk dran, dass du morgen wieder in die Schule gehen musst."

Buddy lief zur Tür und wartete dort mit schief gelegtem Kopf.

„Du kannst nicht mitkommen, Buddy",

erklärte Laura ihm. Sie ging nach draußen, schloss sorgfältig die Tür hinter sich und lief eilig den Weg zur Koppel entlang. Sie musste unbedingt mit Sternenschweif sprechen. Vielleicht wusste er, wie sie Silver helfen konnten.

Sternenschweif wieherte, als er sie sah. Laura begann die ersten Worte des Zauberspruchs zu flüstern:

Silberstern, Silberstern,
hoch am Himmel ...

Doch plötzlich stieß Sternenschweif ein lautes Wiehern aus.

Sofort verstummte Laura. Das Pony schien auf etwas hinter ihr zu starren. Verunsichert drehte Laura sich um, um zu sehen, was dort war.

Hinter ihr auf dem Weg stand Buddy.

„Buddy! Geh sofort ins Haus zurück!" Laura war wütend. Der Hund war schon neugierig genug. Wenn er jetzt auch noch sah, wie Sternenschweif sich in ein Einhorn verwandelte, würde er ihn bestimmt gar nicht mehr in Ruhe lassen. Sie packte ihn am Halsband.

„Buddy!", hörte sie ihren Vater rufen.

„Er ist hier bei mir, Dad!"

Mr Foster kam den Weg hinunter. „Ich habe die Tür nur ganz kurz aufgemacht. Buddy hat sofort die Gelegenheit genutzt, um hinter dir herzulaufen. Nun komm schon", sagte er und fasste den Hund am Halsband. „Du gehst jetzt mit mir ins Haus zurück."

Vorsichtshalber wartete Laura, bis sie hörte, wie die Tür ins Schloss fiel. Erst dann wisperte sie den Zauberspruch.

Ein grellvioletter Blitz flammte auf und Sternenschweif war wieder ein schneeweißes Einhorn.

„Puh, das war ganz schön knapp!", sagte er.

„Ja, ich weiß." Laura machte sich ebenfalls Sorgen. „Ich muss einfach noch viel vorsichtiger sein. Buddy ist wirklich unglaublich an dir interessiert."

Sie erinnerte sich wieder, was sie Sternenschweif fragen wollte. „Weißt du, warum Silver nicht springen will? Mel ist darüber richtig traurig und ich würde ihr so gerne helfen."

„Ich weiß es auch nicht." Sternenschweif scharrte nachdenklich mit dem Vorderhuf im Gras. „Wir könnten bei ihm vorbeifliegen und versuchen, es herauszufinden."

„Jetzt sofort?" Laura blickte skeptisch nach oben. Es war immer noch nicht richtig dunkel. „Stell dir vor, Mel oder ihre Eltern sehen uns."

„Wir könnten ja später aufbrechen."

Laura zögerte noch. „Ich weiß nicht, vielleicht könnte ich wieder kommen, wenn Mum und Dad denken, dass ich zu Bett gegangen bin. Mum sitzt dann vor dem Computer und schreibt an ihrem neuen Buch und Dad sieht bestimmt fern. Aber lange kann ich nicht wegbleiben, das ist zu gefährlich."

„Wir beeilen uns", versprach Sternenschweif. „In Ordnung. Dann komme ich, sobald ich kann, wieder zurück." Schnell flüsterte sie den Zauberspruch, der Sternenschweif wieder in ein kleines, graues Pony verwandelte, und lief ins Haus zurück.

Kaum hatte ihre Mutter ihr eine gute
Nacht gewünscht und sich in ihr Arbeits-
zimmer zurückgezogen, zwängte Laura
ihre Jeans über den Schlafanzug und
schrieb eine Nachricht an ihre Eltern. Nur
für den Fall, dass sie nach ihr sehen und
sich sorgen würden, wo sie sei.

*Ich bin bald wieder zurück. Ich wollte nur
noch einmal nach Sternenschweif sehen.
Liebe Grüße,
Laura*

Sie legte den Zettel auf ihr Kopfkissen,
schlich leise die Treppe hinunter und
schlüpfte unbemerkt aus dem Haus.

Keiner wird etwas merken, beruhigte
sie sich selbst, während sie zur Koppel
rannte.

Es dauerte nur ein paar Sekunden, Sternenschweif wieder in ein Einhorn zu verwandeln. „Schnell!" Laura schwang sich auf seinen Rücken. „Lass uns losfliegen!"

Schon bald erreichten sie Silvers Koppel. „Da unten ist er." Laura hatte den dunklen Umriss von Mels Apfelschimmel ausgemacht.

Sternenschweif landete mit einem leisen Wiehern direkt hinter dem Pony. Aufgeregt prustend schwang Silver herum.

Sternenschweif schnaubte beruhigend und Laura sah, wie Silver sich wieder entspannte. Er schnaubte ebenfalls, als würde er sich mit Sternenschweif unterhalten.

„Was sagt er denn?", wollte Laura wissen.

„Er weiß, dass ich ein Einhorn bin", erklärte ihr Sternenschweif. „Und er würde gerne wissen, weshalb wir hier sind."

Laura wollte keine Zeit verlieren. „Frag ihn bitte, warum er jedes Hindernis verweigert."

„Er kann dich verstehen, ohne dass ich übersetze", erklärte ihr Sternenschweif, als Silver schon antwortete. Er lauschte dem Apfelschimmel für eine Weile, dann erklärte er. „Er hat Angst. Er sagt, dass er als Fohlen zusammen mit anderen aus seiner Herde über einen Baumstamm gesprungen ist. Dabei ist er sehr schmerzhaft mit den Beinen angeschlagen. Seitdem hat er Angst vorm Springen. Er findet es furchtbar, dass Mel seinetwegen so unglücklich ist, aber er bringt einfach nicht den nötigen Mut auf."

„Hast du keine magischen Kräfte, die ihm helfen könnten, sich nicht mehr so sehr zu fürchten?", fragte Laura Sternenschweif.

„Ich weiß es nicht. Ich weiß zwar, dass ich magische Kräfte habe, aber ich habe keine Ahnung, was für welche. Es wäre gut möglich, dass ich ihm helfen kann, doch ich weiß nicht, wie."

Laura war enttäuscht. Sie hatte so sehr gehofft, dass Sternenschweif seinen Einhornzauber einsetzen und alles in Ordnung bringen würde.

Sie dachte angestrengt nach. Wenn sie Sternenschweifs Zauberkräfte nicht nutzen konnten, um Silver zu helfen, fiel ihr vielleicht eine praktische Lösung des Problems ein. „Angenommen, ich lege die Hindernisstangen auf den Boden, würdest du dich trauen, darüber zu gehen?"

Silver schnaubte und Sternenschweif übersetzte. „Er sagt, er würde es zumindest versuchen."

„Das wäre immerhin ein Anfang." Laura rutschte von Sternenschweifs Rücken, holte zwei Stangen und legte sie parallel zueinander ins Gras.

Was für ein Glück, dass man die Koppel vom Farmhaus aus nicht sehen kann, dachte sie dabei.

„Versuch darüber zu gehen. Das ist
zumindest ein Schritt auf dem Weg zum
Springen", forderte sie Silver auf.

Das Pony sah schrecklich nervös aus.

„Das schaffst du bestimmt", ermunterte
Sternenschweif ihn. Zögernd ging Silver
auf die erste Stange zu. Direkt davor blieb

er stehen. Er schnaubte laut, als wolle er sich selbst Mut machen. Dann stieg er mit hoch angezogenen Hufen über die Stange.

„Gut gemacht!", lobte ihn Laura. „Versuch es jetzt mal mit der zweiten Stange."
Wieder ging Silver darüber. Diesmal schon etwas sicherer.

„Du hast es tatsächlich geschafft!", rief Sternenschweif begeistert, als ein viel glücklicher aussehender Silver zu ihnen zurückkehrte.

„Ich werde jetzt ein ganz kleines Hindernis aufstellen", sagte Laura. „Mal sehen, ob du das auch schaffst."

Silver schreckte zurück. Er schnaubte abwehrend.

Sternenschweif seufzte. „Er möchte das nicht. Er hat einfach noch viel zu viel Angst davor, zu springen." Silver senkte beschämt seinen Kopf. „Aber wenn wir wiederkommen und ganz viel mit ihm üben, wird er vielleicht mutiger werden", sagte er.

Damit musste Laura sich erst einmal
zufrieden geben. „In Ordnung. Für den
Anfang war das doch schon einmal toll.
Wir kommen morgen wieder, Silver." Laura
umarmte ihn zum Abschied, dann stieg
sie wieder auf Sternenschweifs Rücken.
„Wir werden dir helfen, Silver. Ganz egal,
wie lange es dauert!"

4

„Beeil dich!" Mrs Foster rief am nächsten Morgen ungeduldig nach Laura.

Laura begutachtete sich zum letzten Mal
kritisch im Spiegel. Sie hatte ihre neuen
Jeans und ein blaues T-Shirt an. Ihr frisch
gewaschenes Haar hatte sie zu einem
Zopf gebunden. Sie schluckte nervös einen
dicken Kloß in ihrem Hals hinunter. Ihr ers-
ter Tag in der neuen Schule. Was er wohl
bringen würde?

Entschlossen holte sie tief Luft und lief
die Treppe hinunter. Ihre Mutter wartete
mit Max schon an der Tür.

„Bist du sehr aufgeregt?"

„Ein bisschen schon", gestand Laura, konnte sich ein Gähnen jedoch nicht verkneifen.

Ihre Mutter runzelte die Stirn. „Hast du letzte Nacht nicht gut geschlafen?"

„Mir geht's gut, Mum." Laura war froh, dass sie gestern bei ihrem Ausflug mit Sternenschweif von niemandem gesehen worden war, und sie wollte keinesfalls, dass ihre Mutter jetzt misstrauisch wurde. Scheinbar völlig ruhig ergriff sie ihre Schultasche. „Komm, lass uns gehen."

Ihre neue Schule war nur zehn Minuten mit dem Auto von der Farm entfernt. Als Mrs Foster das Auto vor dem flachen Ziegelsteingebäude parkte, sah Laura Mel vor dem Eingang stehen. „Da ist Mel!"

Sie sprang aus dem Auto und lief zu ihrer Freundin hinüber. „Hallo!"

„Hallo! Ich dachte, ich warte hier auf dich."

Mrs Foster und Max gesellten sich zu ihnen. „Das ist meine Mutter und das ist mein Bruder Max", stellte Laura die beiden vor.

„Ich freue mich, Sie kennen zu lernen", grüßte Mel höflich. „Ich gehe in dieselbe Klasse wie Laura. Ich kann sie mitnehmen, wenn Sie damit einverstanden sind, Mrs Foster."

Mrs Foster warf ihrer Tochter einen fragenden Blick zu. Und die war sofort einverstanden. „Das ist doch eine gute Idee, Mum."

„Wenn das so ist, wäre das wirklich eine große Hilfe, Mel. Dann hätte ich mehr Zeit, um Max in seine Klasse zu bringen. Ich gehe im Sekretariat vorbei und sage dort Bescheid."

„Tschüs, Mum." Laura gab ihr einen flüchtigen Kuss. Bis heute Nachmittag."

Mrs Foster nickte. „Ich hole dich hier am Eingang ab. Ich wünsche dir einen schönen Tag und einen guten Anfang, mein Schatz!"

„Den hat sie bestimmt", versicherte Mel ihr. „Komm mit, Laura. Ich werd dir alles zeigen."

Bis zur ersten Pause war Lauras Nervosität völlig verschwunden. Mr Noland, ihr neuer Lehrer, war streng, aber er verstand auch Spaß. Und was noch besser war, er erlaubte Mel und ihr, nebeneinander zu sitzen. Die anderen Schüler schienen alle nett zu sein – alle, bis auf Jana und ihre Freundin Monica.

Die beiden hatten noch kein einziges

Wort zu Laura oder Mel gesagt, sondern nur albern gekichert, als Jana sich über Mels Tisch gebeugt und einen Blick auf das Pferd geworfen hatte, das Mel gerade malte.

„Das sieht ja mehr wie ein Schwein aus."

„Oder wie ein Maultier", hatte Monica gestichelt und dabei lässig ihre blonden Haare zurückgeworfen.

„Genau wie ihr dummes kleines Pony", setzte Jana noch eins drauf. Ihre grünen Augen hatten Mel dabei hämisch gemustert. „Stell dir vor, ein Pony, das nicht mal springt. Gibt es denn etwas Armseligeres?"

„Silver ist nicht dumm!", fauchte Laura das Mädchen wütend an.

Jana richtete ihre volle Aufmerksamkeit jetzt auf sie. „Was weißt du denn schon über Pferde?"

„Ich habe selbst eins."

„Wie heißt du noch einmal? Laura Foster?" Plötzlich dämmerte es Jana. „Du bist das Mädchen, dem Sternenschweif jetzt gehört, nicht wahr?" Als Laura nickte, lachte Jana laut auf. „Wie traurig. Ich habe meinen Vater davon überzeugt, ihn zu verkaufen, weil er mir nicht eine einzige Schleife eingebracht hat. Prinz, mein neues Pony, ist hundertmal besser."

Aus Lauras Augen schossen wütende Blitze. Aber bevor sie etwas erwidern konnte, griff Mr Noland ein und befahl Jana und Monica, still zu sein.

Am Ende der Stunde kochte Laura immer noch. „Lass es gut sein", sagte Mel, als die beiden Freundinnen nach draußen gingen. „Komm, wir setzen uns unter den Baum. Ich habe ein paar Fotos von Silver mitgebracht, die ich dir zeigen wollte."

„Stell dir vor, mir ist gestern Nacht eine tolle Idee gekommen." Laura bemühte sich, ihre Freundin aufzuheitern. „Ich glaube, dass Silver aus irgendeinem Grund Angst vorm Springen hat. Wir könnten versuchen, ihn über die Stangen gehen zu lassen. Und dann, wenn er nicht mehr so viel Angst hat, könnten wir ganz niedrige Hindernisse für ihn aufstellen."

Mel schaute skeptisch. „Meinst du wirklich, dass das klappt?"

„Ich bin ganz sicher. Was hältst du davon, wenn ich nach der Schule mit Sternenschweif zu euch rüberkomme und wir es ausprobieren?"

Ihre Zuversicht schien Mel anzustecken. „Einverstanden. Lass es uns wenigstens versuchen."

5

„Soll ich es jetzt probieren?", fragte Mel
später am Nachmittag Laura. Sie saß auf
Silver und betrachtete nervös die Stangen,
die Laura und sie im Gras ausgelegt hatten.

„Ja, versuch es." Laura tätschelte Sternenschweifs Hals. „Bring ihn dazu, nicht
wieder stehen zu bleiben."

Mel lenkte Silver zu den Stangen. Der
kleine Apfelschimmel schaute fragend zu
Sternenschweif, dann trabte er tapfer darüber.

„Er hat es tatsächlich gemacht!" Mel war
ganz überrascht, doch Laura erwiderte:

„Ich habe es dir doch gesagt. Versuch es gleich noch einmal."

Das tat Mel auch. Nachdem Silver erst im Trab und dann im Galopp zehn Mal über die Stangen gegangen war, strahlte Mel über das ganze Gesicht.

„Vielleicht bringe ich ihn am Ende doch noch dazu, zu springen." Sie stieg ab und umarmte Silver zum Dank ganz fest. „Du bist so mutig! Ich bin stolz auf dich."

Silver schnaubte und Laura fand, dass er sehr zufrieden aussah.

Nachdem sie beide Ponys abgesattelt und zum Grasen auf die Weide gebracht hatten, gingen Laura und Mel zum Heuschober, um nach Minny und ihren beiden Kätzchen zu sehen.

Star und Blacky waren wach. Sie spielten

in ihrem Unterschlupf im Heu, ihre Köpfchen sahen fast zu groß für die flauschigen, schwarzen Körper aus.

„Wie kannst du sie bloß auseinander halten?" Für Laura sahen die beiden Kätzchen genau gleich aus.

„Star hat einen weißen Fleck auf ihrem Bauch." Mel hob das Kätzchen, das ihr am nächsten war, hoch. „Sieh her."

„Stimmt." Laura lachte, als sie die weißen Haare auf dem kleinen Bauch sah.

„Möchtest du sie mal halten?"

Laura nickte eifrig und Mel reichte ihr Star. Die kleine Katze blickte Laura gerade in die Augen. Dann miaute sie, mit so weit aufgerissenem Mäulchen, dass Laura ihre rosa Kehle sehen konnte.

„Na, du", murmelte sie. „Du bist wirklich niedlich." Star kuschelte sich in ihre Arme.

„Hat Silver das heute nicht gut gemacht?", fragte Mel Laura glücklich, als sie
Blacky auf den Arm nahm.

„Oh ja. Er war wirklich prima. Ich bin sicher, dass er am Ende auch noch lernen
wird zu springen."

„Das hoffe ich auch", erwiderte Mel.
„Ich wünschte nur, er könnte es bis zum

Turnier am Samstag lernen. Jana und Monica haben so gemeine Dinge über ihn gesagt. Das Einzige, was sie zum Schweigen bringen könnte, wäre, dass Silver lernt zu springen." Sie schaute Laura hoffnungsvoll an.

„Glaubst du, wir könnten das bis Samstag schaffen?"

„Ja, ich denke schon. Ich drücke jedenfalls ganz fest die Daumen. Mit ein bisschen Glück müssten wir das eigentlich hinkriegen."

Auf dem Heimweg dachte Laura unentwegt über Mels Worte nach. Silver könnte mit etwas Hilfe wahrscheinlich wirklich springen lernen, aber wer weiß, wie viel Zeit sie dafür brauchen würden? Es könnte ewig dauern und so lange würden Jana und Monica Mel immer weiter ärgern.

„Wenn wir ihm doch nur ganz schnell beibringen könnten zu springen!", wünschte sie sich.

Laura erinnerte sich an das, was Sternenschweif über seine magischen Kräfte gesagt hatte – er besaß zwar einige, wusste aber nicht, welche. Vielleicht konnte er auf diese Weise Silver helfen. Doch wie sollten sie das herausfinden?

Mit einem Schlag wusste Laura die Antwort. Dass sie nicht eher daran gedacht hatte! Außer ihr kannte doch noch Mrs Fontana Sternenschweifs Geheimnis. Sie war es gewesen, die Laura erzählt hatte, dass Einhörner tatsächlich existierten, und die ihr das alte Buch mit dem Zauberspruch für die Verwandlung gegeben hatte. Wenn ihnen jemand helfen konnte, dann Mrs Fontana.

Kaum war Laura wieder auf der Farm und Sternenschweif auf der Koppel, suchte sie aufgeregt ihre Mutter, die gerade am Computer arbeitete.

„Könntest du mich bitte zu Mrs Fontanas Buchhandlung fahren, Mum?"

Mrs Foster runzelte verwundert ihre Stirn. „Warum, was willst du bei ihr?" Laura wusste nicht, was sie antworten sollte. „Ich ... Ich wollte Mrs Fontana etwas fragen. Es ist für ein Projekt, an dem ich gerade arbeite. Ich dachte, dass Mrs Fontana mir dabei vielleicht helfen könnte."

„Hm, ja. Ich wollte sowieso in die Stadt fahren, weil ich noch einen Film für den Fotoapparat kaufen muss. Max möchte für seinen Lehrer Aufnahmen von Buddy machen. Während ich den Film besorge, könntest du zu Mrs Fontana gehen."

„Super!", rief Laura begeistert.

„Ziehst du dich noch kurz um? Dann könnten wir eigentlich gleich losfahren."

Noch bevor ihre Mutter richtig eingeparkt hatte, stürzte Laura beinahe schon aus dem Auto.

„Ich hole dich dann in der Buchhandlung ab", konnte ihre Mutter gerade noch hinter ihr herrufen. „Bleibe bitte so lange dort, bis ich komme."

„Mach dir keine Sorgen. Ich warte dort auf dich", versprach Laura. Dann sauste sie zu der Buchhandlung mit dem braungoldenen Ladenschild. Ein Glöckchen ertönte, als sie die Tür öffnete. Der vertraute, mit Rosen gemusterte Teppich begrüßte sie und ein leichter Duft nach schwarzen Johannisbeeren hing in der Luft. Auf

jeder nur verfügbaren Fläche stapelten
sich Bücher.

Walter, Mrs Fontanas Terrier, lief auf Laura
zu, als sie in den Laden kam. Laura begrüßte
ihn und beugte sich hinunter, um ihn zu
streicheln. Als sie sich wieder aufrichtete,
stand auf einmal Mrs Fontana wie durch
Zauberhand vor ihr. Ihr Gesicht war von
Falten durchzogen, aber ihre blauen Augen
strahlten hell und freundlich.
Ein senfgelber Schal lag lose über ihren
Schultern, ihr langes, graues Haar hatte sie
zu einem Knoten aufgesteckt.

„Guten Tag, Laura! Was kann ich heute
für dich tun?"

Laura zögerte. Es war gar nicht so einfach, mitten am helllichten Tag ein Ge-
spräch über Einhörner anzufangen. „Nun
ja, ... ähm ...".

Mrs Fontana blickte über ihre Schulter zu den Leuten, die in einem der Bücherregale stöberten. „Lass uns hinüber in die Kinderbuchecke gehen. Walter lässt es mich wissen, wenn ich hier vorne gebraucht werde."

Der schwarzweiß gefleckte Terrier sprang mit einem Satz auf die Theke und setzte sich mit gespitzten Ohren neben die Kasse. Er schien jedes Wort von Mrs Fontana verstanden zu haben.

Laura folgte ihr zu den Kinderbüchern auf der gegenüberliegenden Seite der Buchhandlung. Ein Sessel und Kissen auf dem Boden luden zum Schmökern ein. „Wie geht es Sternenschweif?", fragte Mrs Fontana, als sie sich im Sessel niederließ.

„Dem geht's gut." Laura senkte verschwörerisch die Stimme. „Mrs Fontana,

Sternenschweif und ich versuchen, meiner
Freundin Mel und ihrem Pony zu helfen.
Es hat so furchtbar Angst zu springen."
Rasch erzählte sie, was sie von Silver wusste.
„Er hat so große Angst, dass es ewig dauern
kann, bis er richtig springt", fuhr sie fort.
„Wissen Sie nicht, ob Sternenschweif ihm
mit seinen magischen Kräften helfen kann?"

Mrs Fontana lächelte. „Sternenschweif
hat viele magische Kräfte, Laura. Aber mehr
darf ich dir nicht verraten. Jedes Einhorn
muss seine magischen Fähigkeiten selbst
entdecken." Sie beugte sich vor und ergriff
Lauras Hände. „Mach dir keine Sorgen,
Laura. Sternenschweif kann dem Pony helfen. Aber er braucht dich, um herauszufinden, wie. Du bist die Freundin eines Einhorns,
weil du ein gutes Herz hast und an die Kraft
des Zaubers glaubst. Nutze deine Fähigkei-

ten, dann werdet ihr gemeinsam Sternenschweifs Fähigkeiten entdecken."

Mit diesen Worten ließ sie Lauras Hände
los und richtete sich auf. Der ernste Ausdruck verschwand aus ihrem Gesicht. „Wie
sieht es aus", fragte sie mit einem ver-
schmitzten Lächeln, „hat Buddy Sternenschweifs Geheimnis schon entdeckt?"

Laura starrte sie an. Woher wusste Mrs
Fontana von Buddys seltsamem Verhalten
und dass er dauernd zu Sternenschweif
wollte?

Mrs Fontana schien ihre Verwunderung
zu spüren. „Zu der Zeit, als ich mit einem
Einhorn befreundet war, hatte ich auch
einen Hund, der schrecklich neugierig war.
Ein paar Mal hätte er mein Geheimnis beinahe herausgefunden."

„Sie waren auch mit einem Einhorn be-

freundet?" Laura blieb vor Erstaunen fast
die Luft weg. Sie wusste bereits, dass
Mrs Fontana ein Einhorn gesehen hatte,
aber sie hatte ihr nie erzählt, dass sie auch
einmal eine Einhorn-Freundin gewesen
war.

„Ja, auch ich hatte einmal ein Einhorn",
erwiderte Mrs Fontana mit sanfter Stimme.
„Doch das ist lange her."

Eine Frage nach der anderen schoss Laura durch den Kopf. Wie war Mrs Fontanas
Einhorn wohl gewesen? Wie hatte es ge-
heißen? Warum waren die beiden nicht
mehr zusammen?

Doch bevor sie mit all diesen Fragen
herausplatzen konnte, bellte Walter.

„Bitte entschuldige, ein Kunde braucht
meine Hilfe." Mrs Fontana erhob sich. Sie
lächelte Laura zu. „Viel Glück mit Silver,

Laura. Ich hoffe, du und Sternenschweif findet einen Weg, ihm zu helfen. Und pass auf Buddy auf. Versuche zu verhindern, dass er Sternenschweifs Geheimnis heraus-findet."

Mit diesen Worten ging Mrs Fontana zur Kasse, an der ein Kunde schon wartete.

Die Ladentür öffnete sich, Mrs Foster kam herein und grüßte. Laura lief zu ihr hinüber. „Hallo, Mum!"

„Bist du so weit, mein Schatz?"

Laura nickte. Sie schaute zur Ladentheke hinüber, wo Mrs Fontana gerade dabei war, die Einkäufe des Kunden einzupacken. „Auf Wiedersehen, Mrs Fontana", rief sie.

Die Ladenbesitzerin schaute hoch. „Auf Wiedersehen." Sie lächelte Laura zu. „Und viel Glück!"

6

In dieser Nacht schlich sich Laura wieder aus dem Haus.

„Fliegen wir zu Silver?", war Sternenschweifs erste Frage, als sie ihn in ein Einhorn verwandelt hatte.

„Ja, ganz richtig. Aber wir haben nicht viel Zeit." Laura schwang sich auf Sternenschweifs Rücken.

Während sie zur Gänsebachfarm flogen, erzählte sie Sternenschweif alles, was Mrs Fontana gesagt hatte. „Deine Zauberkräfte könnten Silver tatsächlich helfen", schloss Laura ihren Bericht.

„Aber wie kann ich meine Kräfte nutzen, wenn ich gar nicht weiß, welche ich überhaupt habe?"

„Das weiß ich auch nicht." Seit dem Besuch bei Mrs Fontana, hatte sie sich genau das Gleiche gefragt.

Silver wartete bereits auf sie. „Du warst heute wirklich großartig", lobte Sternenschweif ihn, als er neben ihm auf der Koppel gelandet war.

Silver senkte den Kopf, anscheinend brachte das Lob ihn in Verlegenheit. Er schnaubte leise.

„Er möchte wissen, ob er noch einmal über die Stangen traben soll", übersetzte Sternenschweif für Laura.

„Wie wäre es, wenn wir es mit einem ganz kleinen Sprung probieren?" Laura versuchte, besonders zuversichtlich zu klingen, aber Silver sah auf einmal ziemlich bedrückt aus.

„Komm, versuch es doch wenigstens einmal", unterstützte Sternenschweif Lauras Vorschlag.

Silver zögerte einen Moment, dann senkte er langsam, als gebe er sich geschlagen, den Kopf.

Rasch, bevor das Pony seine Meinung wieder ändern konnte, stieg Laura ab und baute einen niedrigen Sprung auf. „Das schaffst du bestimmt, Silver!"

Silver nickte zaghaft, dann trabte er auf das Hindernis zu.

„Er traut sich tatsächlich", raunte Laura Sternenschweif zu.

Doch dann blieb Silver plötzlich stehen.

„Oje!" Laura seufzte enttäuscht.

Sie ging mit Sternenschweif zu Silver

hinüber. Er hatte nur ein paar Meter vor dem Hindernis angehalten. „Was war los?", fragte Laura. „Warum bist du plötzlich stehen geblieben?"

Der kleine Apfelschimmel ließ beschämt seinen Kopf hängen und schnaubte traurig.

„Er hatte einfach zu viel Angst", sagte Sternenschweif zu Laura. Silver sah furchtbar niedergeschlagen aus. Wenn Ponys weinen könnten, würde er das jetzt bestimmt tun, dachte Laura. Sternenschweif trat auf ihn zu und berührte Silvers Hals mit seinem schimmernden Horn. „Das ist schon in Ordnung", versuchte er das Pony zu trösten. „Du hast dein Bestes gegeben. Sei nicht traurig."

Niedergeschlagen schwiegen die drei. Da sah Laura plötzlich, wie sich die Ohren

des Apfelschimmels aufstellten. Er hob den Kopf und wieherte, als sei er selbst von etwas überrascht.

„Was sagt er?"

„Dass er sich aus irgendeinem Grund besser fühlt", beantwortete Sternenschweif Lauras Frage.

Silver wieherte erneut. „Viel besser",
übersetzte Sternenschweif.

Laura folgte Silvers Blick. Er betrachtete
das Hindernis, Zuversicht leuchtete aus
seinen Augen. Er gab ein leises Schnauben
von sich.

„Er fühlt sich sogar so gut, dass er einen
Sprung über das Hindernis wagen will."
Sternenschweif sah selbst ziemlich erstaunt
aus.

Mutig zeigten Silvers Ohren nach vorne.
Er trabte auf das Hindernis zu. Dann begann
er zu galoppieren. Verwundert beobachte-
ten Laura und Sternenschweif, wie er mit
einem großen Satz über das Hindernis flog.

„Er ist wirklich gesprungen!", jubelte
Laura glücklich. Sie konnte es nicht fassen.

Laut schnaubend galoppierte Silver zu
ihnen zurück.

„Er sagt, dass er sich während unseres Gesprächs mit einem Mal richtig mutig gefühlt habe." Aufgeregt stampfte Sternenschweif mit seinen Vorderhufen auf. „Und er sagt, dass er sich noch nie so sicher gewesen sei, dass er es schaffen könnte."

Silver stupste Sternenschweif liebevoll mit der Nase an. Laura riss die Augen auf.

Jetzt begriff sie alles. „Dein Horn!", erklärte sie Sternenschweif aufgeregt. „Du hast ihn mit deinem Horn berührt, und dann hat er sich plötzlich mutig gefühlt. Vielleicht ist das eine von deinen magischen Fähigkeiten? Vielleicht hast du ihm mit deinem Horn diesen Mut verliehen – den Mut eines Einhorns."

Silver warf seinen Kopf hoch und stieß den Atem laut durch seine Nüstern. „Er sagt, dass ihm das jetzt ganz egal sei, warum es geklappt hat. Er ist einfach nur glücklich, dass er gesprungen ist."

Silver nickte zustimmend, dann drehte er sich um und sprang noch einmal über das Hindernis.

Glücklich fiel Laura Sternenschweif um den Hals. „Das ist einfach toll! Mel wird sich so sehr darüber freuen." Ihr Herz machte vor lauter Begeisterung einen Sprung. Sie konnte es gar nicht erwarten, das Gesicht ihrer Freundin zu sehen, wenn Silver morgen mit ihr über das Hindernis flog.

Am nächsten Tag, als sich Jana in der Mittagspause wieder über Mel und Silver lustig machte, freute Laura sich noch mehr über das, was sie in der Nacht erreicht hatten.

„Denkst du etwa immer noch daran, nächsten Samstag zum Turnier zu gehen, Mel?" Jana baute sich vor den beiden Freundinnen auf, die gerade ihre Tabletts mit dem schmutzigen Geschirr wegbringen wollten. „Ich weiß nicht, warum du überhaupt auch nur einen Gedanken daran verschwendest. Silver springt doch sowieso nicht. Deine Eltern können es sich wohl nicht leisten, dir ein besseres Pony zu kaufen?"

„Mel möchte aber gar kein anderes Pony",
mischte Laura sich ein. Keine Sekunde länger
konnte sie sich dieses gemeine Gerede mehr
anhören. „Silver ist ein gutes Pony."

Jana lachte. „Ja, sicher." Mit einem höhni-
schen Grinsen ließ sie die beiden stehen.

Laura schaute Mel an. Wütend biss sich
die Freundin auf ihre Unterlippe. „Ich hasse
sie!", brach es aus ihr heraus. „Ich werde

meinem Vater sagen, dass ich nicht zu dem Turnier am Samstag gehen möchte."

„Das kannst du nicht machen. Du musst daran teilnehmen, Mel. Wenn du nicht hingehst, werden Jana und Monica nächste Woche noch viel gemeinere Dinge zu dir sagen."

Jetzt sah Mel noch unglücklicher aus. „Mit Silver ist alles in Ordnung", fuhr Laura fort. „Ich bin ganz sicher, wenn du ihn heute Nachmittag reitest, wird er springen."

Mel schaute sie zweifelnd an. „Glaubst du das wirklich?"

„Ja, ich weiß es sogar."

Sobald Laura nach der Schule zu Hause angekommen war, striegelte sie Sternenschweif flüchtig, bevor sie mit ihm zu Mel ritt. „Ich kann es gar nicht erwarten, Mels Gesicht zu sehen, wenn Silver tatsächlich springt", sagte Laura zu Sternenschweif, während sie die Straße entlangtrabten.

Mel war gerade dabei, Silver zu satteln, als die beiden ankamen. Gemeinsam ritten sie auf die Koppel und Laura stellte das Hindernis genauso auf, wie sie es in der vergangenen Nacht getan hatte. Anschließend stieg sie wieder auf Sternenschweif. „Versuch es jetzt!", rief sie Mel zu.

„Okay!" Mel ritt mit Silver auf den Sprung zu. Seine Ohren richteten sich auf und das Pony wurde schneller.

„Er wird springen!", flüsterte Laura Sternenschweif voller Erwartung ins Ohr.

Silvers Hufe donnerten über das Gras, näher und näher trugen sie ihn auf das Hindernis zu.

Dann, nur einen Meter vor dem Sprung, blieb er schlagartig stehen.

7

Laura blieb vor Enttäuschung die Luft
weg.

Nach der gestrigen Nacht hatte sie fest
daran geglaubt, dass Silver über das Hindernis springen würde.

Sternenschweif schnaubte und Laura
wusste, dass er genauso überrascht war
wie sie, dass Silver so abrupt stehen geblieben war.

Mel lenkte den kleinen Apfelschimmel
vom Hindernis fort. „Ich versuche es gleich
noch einmal. Ich hatte eigentlich das Ge-
fühl, dass er springen würde." Aber als sie

es erneut versuchte, ging Silver nicht einmal mehr in die Nähe des Sprungs.

Tiefe Enttäuschung stand Mel ins Gesicht geschrieben, als sie zu Laura zurückritt. „Ich hätte es besser wissen müssen und gar nicht erst hoffen dürfen, dass er springt." Traurig ließ Silver seinen Kopf noch tiefer hängen. Mel umarmte ihn tröstend. „Sei nicht traurig. Ich habe trotzdem kein anderes Pony lieber als dich."

Ihre Worte konnten Silver nicht aufheitern. Kein einziges Mal stellte er an diesem Nachmittag seine Ohren auf. Nicht einmal dann, als sie Fangen spielten, und das war sonst eines seiner Lieblingsspiele.

„Ich glaube, ich bringe ihn besser rein", beschloss Mel schließlich. „Heute scheint ihm einfach nichts mehr Spaß zu machen."

Laura nickte. „Es tut mir so Leid, Mel", sagte sie, als sie abstiegen.

„Du kannst ja nichts dafür." Mel seufzte traurig.

Laura blieb nicht mehr lange. Sie spürte, dass Mel jetzt lieber allein sein wollte. Deshalb ritt sie kurze Zeit später mit Sternenschweif wieder nach Hause.

„Was ist bloß schief gelaufen?", fragte sie Sternenschweif unglücklich. „Warum ist Silver nicht gesprungen?"

Sternenschweif schüttelte den Kopf und schnaubte.

„Ich komme heute Nacht zu dir, Sternenschweif. Wir müssen herausfinden, was los war."

Sie war gerade dabei, Sternenschweif gründlich zu striegeln, als Buddy den Weg entlang auf sie zulief. Schlitternd hielt er vor ihnen an und begann an Sternenschweifs Hufen zu schnüffeln.

„Lass uns in Ruhe, Buddy!", befahl Laura unwirsch.

Buddy setzte sich hin, legte den Kopf auf die Seite und jaulte Sternenschweif an.

In diesem Moment tauchte Max auf. „Da bist du ja, Buddy", rief er, als ihm der kleine Hund entgegenlief. Kaum hatte Buddy einmal über seine Hand geleckt, lief er zu Sternenschweif zurück und bellte.

Verwundert verzog Max sein Gesicht. „Warum benimmt sich Buddy eigentlich so komisch, wenn er bei Sternenschweif ist?"

„Keine Ahnung! Sieh mal, Max, ich bin gerade dabei, Sternenschweif zu putzen. Warum gehst du mit Buddy nicht ein bisschen spazieren?"

Max schien sie gar nicht zu hören. Ganz versunken betrachtete er Sternenschweif. Plötzlich riss er die Augen weit auf. „Vielleicht ist Sternenschweif ja ein Außerirdischer!", stieß er aufgeregt hervor.

„Ein Außerirdischer!" Laura starrte ihn schockiert an.

„Genau. Vielleicht kommt Sternenschweif von einem anderen Planeten. Er hat eine andere Form angenommen, damit er uns ausspionieren kann, und Buddy weiß das."

„Sei nicht albern, Max. Sternenschweif ist nur ein ganz normales Pony." Laura bemühte sich krampfhaft, so zu klingen, als hielte sie Max für total verrückt.

„Und warum benimmt sich Buddy dann so komisch, wenn er Sternenschweif sieht?"

„Weil ... weil er an Pferde eben nicht gewöhnt ist", entgegnete Laura.

Max war jedoch nicht überzeugt. „Ich werde es Mum erzählen." Begeistert von seiner eigenen Idee drehte er sich um und rannte zum Haus zurück.

Sprachlos starrte Laura ihm nach. Natürlich würde ihre Mutter Max' verrückte Idee nicht ernst nehmen. Aber das Letzte, was sie gebrauchen konnte, war, dass Max überall herumerzählte, dass mit Sternenschweif etwas nicht stimmte.

„Jetzt siehst du, was du angerichtet hast", sagte Laura vorwurfsvoll zu Buddy. Aber der schnüffelte völlig unbeeindruckt weiter an Sternenschweifs Hufen.

8

An diesem Abend war Laura mit dem Küchendienst an der Reihe. Als das Geschirr endlich aus der Spülmaschine und wieder in die Schränke geräumt war, zog sie ihre Stiefel an. „Ich gehe noch einmal zu Sternenschweif."

„In Ordnung." Suchend sah sich ihre Mutter um. „Hat einer von euch Max gesehen?"

Laura und ihr Vater schüttelten die Köpfe. Mrs Foster lächelte. „Vermutlich ist er oben in seinem Zimmer und zeichnet Außerirdische."

„Oder Sternenschweifs Raumschiff",
sagte Mr Foster und lachte.

Erleichtert verschwand Laura durch die
Hintertür. Wie gut, dass sich ihre Eltern
über Max' Verdacht nur lustig machten.

„Hallo, mein Freund", rief Laura Sternenschweif zu, als er ihr von der Koppel ent-
gegenwieherte.

„Weißt du, warum Silver heute nicht
gesprungen ist?" Kaum hatte sie Sternenschweif in ein Einhorn verwandelt, stellte
Laura die Frage, die ihr den ganzen Abend
keine Ruhe gelassen hatte.

„Nein, ich habe auch keine Erklärung
dafür." Sternenschweif klang genauso rat-
los wie Laura.

„Dann fragen wir ihn am besten selbst",
schlug Laura vor. „Irgendeinen Grund
muss es schließlich geben."

Sternenschweif flog zu Silvers Weide.
Der kleine Apfelschimmel verharrte
regungslos bei ihrer Landung. Er sah immer noch sehr unglücklich aus.

„Armer Silver!" Laura stieg ab und lief
zu ihm. „Was ist heute nur schief gelaufen,
Silver? Warum konntest du nicht springen?", fragte sie ihn.

Silver wieherte traurig. „Ich verstehe",
sagte Sternenschweif. Er sah Laura an.
„Armer Silver. Er sagt, dass er wirklich
springen wollte, aber ohne die Berührung
meines Horns hatte er einfach nicht genü-
gend Mut."

Silvers Wiehern klang so traurig, dass
Laura es kaum ertragen konnte. „Ich weiß
nicht, was wir noch machen können.
Sternenschweif kann sich unmöglich in ein
Einhorn verwandeln, wenn andere dabei
sind." Silver nickte.

In dieser Nacht versuchte er nicht wieder
zu springen. Wozu sollte es auch gut sein?
Sie wussten schließlich, dass er springen
konnte, wenn Sternenschweif ihn mit seinem Horn berührte. Tagsüber, ohne Sternenschweifs Hilfe, war die Angst wieder da.

Laura stieß einen tiefen Seufzer aus, als sie auf Sternenschweif nach Hause flog. Sie wünschte sich von ganzem Herzen, dass sie irgendetwas tun könnten, um Silver zu helfen.

Am nächsten Morgen wirkte Mel in der Schule sehr bedrückt. „Ich habe beschlossen, dass ich nie wieder versuchen werde, mit Silver zu springen. Es geht ihm immer so schlecht, wenn er es wieder einmal nicht geschafft hat. Ich lasse mich lieber ärgern, als dass er meinetwegen unglücklich ist."

„Und was ist mit dem Turnier am Samstag?", fragte Laura.

„Ich muss eben sagen, dass ich nicht mit ihm springen möchte." Mel warf einen wütenden Blick zu Jana und Monica hinüber. „Und ich werde die Gemeinheiten ertragen müssen, die den beiden dazu einfallen."

Tröstend nahm Laura ihre Freundin in den Arm.

„Beachte sie einfach gar nicht."

„Leichter gesagt als getan." Mel stieß einen Seufzer aus. Sie zwang ein Lächeln auf ihr Gesicht. „Kommst du trotzdem heute Nachmittag mit Sternenschweif zu uns herüber? Wir könnten ausreiten."

Laura nickte. „Aber klar."

Als Laura nachmittags auf der Gänsebachfarm ankam, waren Mel und Silver schon startklar.

„Wir sollten besser sofort losreiten. Meine Mutter meint, dass bald ein Sturm aufkommt."

Laura warf einen Blick in den verhangenen Himmel. Tatsächlich schien ein Gewitter in der Luft zu liegen.

Sie schlugen den Weg zum Wald ein. Mr Miller reparierte einen Zaun in der Nähe des Heuschobers. „Reitet lieber nicht zu weit weg."

„Wir bleiben in der Nähe", versprach Mel. „Komm, Laura. Lass uns losreiten."

Die Mädchen ließen ihre Ponys antraben.

„Ich kenne im Wald einen richtig guten Weg mit einem langen sandigen Abschnitt. Da können wir super galoppieren", schlug Mel vor.

„Sehr gut. Das wird Spaß machen." Laura fasste Sternenschweifs Zügel kürzer. Er spielte nervös mit den Ohren. „Vorwärts, mein Freund", spornte Laura ihn an.

Kurze Zeit später erreichten sie den Wald. Über ihnen bildeten die Wipfel der hohen Bäume ein grünes Dach. Laura lächelte in sich hinein. Was Mel wohl sagen würde, wenn sie wüsste, dass Sternenschweif mit ihr über diese Baumkronen gesprungen war?

„Hier fängt die Galoppstrecke an", verkündete Mel wenig später. „Bist du bereit?" Laura nickte.

Mel beugte sich vor und überließ Silver die Zügel. Der Apfelschimmel fiel in einen schnellen Galopp. Sternenschweif zögerte einen Augenblick und erst als Laura ihn mit den Schenkeln stärker antrieb, folgte er Silver.

Der Wind pfiff Laura ins Gesicht. Sternenschweifs Hufe donnerten über den sandigen Weg und ein Strahlen überzog

Lauras Gesicht. Das hier war genauso gut wie Fliegen!

Nach einer Weile verengte sich der Weg und die Mädchen ließen die Ponys erst in den Trab und dann in einen gemütlichen Schritt fallen. Beide Ponys waren nach dem Galopp außer Puste. Sie hatten sich eine Ruhepause redlich verdient.

Plötzlich hörten sie ein dumpfes, grollendes Geräusch. Die Blätter der Bäume links und rechts des Weges schienen zu erzittern.

„Es donnert!" Erschrocken schaute Mel ihre Freundin an. „Wir sollten besser umkehren."

Während sie den Weg zurücktrabten, hörten sie, wie der Regen auf das grüne Dach über ihnen zu prasseln begann.

Mel gab Laura ein Zeichen und sie

begannen zu galoppieren. Laura machte sich Sorgen. Ihre Eltern hatten sie oft genug davor gewarnt, sich bei einem Gewitter im Freien aufzuhalten.

Als sie den Waldrand erreichten, zügelte Laura Sternenschweifs Tempo. Ein mächtiger Blitz durchzuckte den bedrohlich dunkler gewordenen Himmel.

„Vielleicht sollten wir hier abwarten, bis das Gewitter vorüber ist", schlug Mel stotternd vor. Sie sah verängstigt aus.

„Nein. Auf keinen Fall. Es ist viel zu gefährlich unter den Bäumen. Ein Blitz könnte in einen von ihnen einschlagen und dabei auch uns treffen." Laura betrachtete den Pfad, der zur Farm führte. „Wenn wir galoppieren, sind wir ganz schnell bei dir daheim", sagte sie mit einem sehnsüchtigen Blick auf die Lichter, die einladend hinter den Fenstern des Hauses leuchteten.

„Los geht's!"

Sie beugte sich vor und Sternenschweif schoss zwischen den Bäumen auf den Weg zu.

„Vorwärts, Sternenschweif!" Laura hing über seinem Hals wie ein Jockey. Seine Hufe donnerten über den Weg, am Heuschober vorbei und auf die Scheune mit Silvers Box zu.

Plötzlich entdeckte Laura Mels Vater am Stalleingang. Kurz davor kam Sternenschweif zum Stehen. Silver stoppte unmittelbar hinter ihm.

„Schnell!", übertönte Mr Millers Stimme das Wüten des Sturms. „Kommt in die Scheune, bevor der Regen noch heftiger wird!"

Laura und Mel sprangen ab und führten ihre Ponys rasch in die Scheune.

„Ich habe noch nie einen Sturm gesehen, der sich so schnell zusammengebraut hat", sagte Mr Miller.

Es donnerte direkt über ihnen, während gleichzeitig ein greller, weißer Blitz den Himmel erleuchtete. Ein lauter Knall in der Nähe ließ sie zusammenzucken.

Mr Miller lief zum Eingang und schaute hinaus. „Der Blitz ist in den Baum neben dem Heuschober eingeschlagen", rief er den Mädchen aufgeregt zu. „Er steht in Flammen! Ich muss sofort die Feuerwehr alarmieren. Ihr bleibt hier, während ich zum Haus laufe. Ich will auf keinen Fall, dass ihr nach draußen geht."

„Aber was ist mit dem Feuer?", schrie Mel.

„Keine Angst! Es kann nicht auf die Scheune übergreifen. Sie ist weit genug entfernt. Ich bin, so schnell ich kann, wieder bei euch." Bei diesen Worten zog Mr Miller den Kopf ein und stürzte hinaus in den Sturm.

Laura führte Sternenschweif zum Eingang und blickte zum Heuschober. Die hohe Eiche, die direkt daneben stand, brannte lichterloh.

Mel stellte sich neben sie. „Wenn der Baum umfällt, wird der ganze Schober in Flammen aufgehen! Dad sollte sich besser ..." Mel stockte, ihre Augen weiteten sich in fassungslosem Entsetzen. „Minny!", schrie sie bestürzt. „Laura! Minny und ihre Kätzchen sind dort drin!"

9

Mel stellte ihren Fuß in den Steigbügel
und schwang sich auf Silvers Rücken

„Was hast du vor?", fragte Laura sie ent-
geistert.

„Ich muss Minny retten." Mel presste
ihre Absätze in Silvers Seiten und galoppierte hinaus in das Unwetter.

„Komm zurück! Das ist viel zu gefährlich!", schrie Laura ihr hinterher. Aber
es war zu spät. Mel raste in wildem Galopp
auf den Heuschober zu.

Laura zögerte keine Sekunde. Sie
schwang sich auch in den Sattel und ga-

loppierte hinter ihrer Freundin her. „Mel!
Bleib stehen!", schrie sie. Sie fand die Vor-
stellung unerträglich, dass Minny und ihre
Jungen im Heuschober in der Falle saßen.
Aber sie wusste auch, dass Mels Leben in
Gefahr war, wenn sie den Schober betrat.
Er konnte jeden Moment Feuer fangen.

Die Angst um das Leben der Katzen ließ
Mel die Stimme ihrer Freundin überhören.
Sie trieb Silver an dem brennenden Baum
vorbei und auf das Tor des Schobers zu. In
einem Satz war sie abgesprungen und hatte es aufgerissen.

Minny raste ihr entgegen. Eines der
Kätzchen trug sie im Maul. Laura erkannte
den weißen Fleck auf dem Bauch. Es war
Star! Aber was war mit Blacky? Er musste
noch im Schober sein.

Mit großem Entsetzen sah Laura, wie

Mel Silvers Zügel in die Hand nahm und in den Heuschober stürzte.

Sternenschweif wieherte warnend. Ein lautes Knarren ließ Laura erstarren. Als sie nach oben schaute, sah sie einen großen, hell lodernden Ast, der jeden Moment zu brechen drohte.

„Mel!", schrie Laura in höchster Verzweiflung, so laut sie konnte. „Mach, dass du da rauskommst!"

Mel erschien im Eingang, Blacky fest an sich gepresst.

„Schnell!", drängte Laura mit einem Blick auf den Baum.

Aber es war zu spät. Bevor Mel den Schober verlassen konnte, ertönte ein furchtbares Krachen und der brennende Ast stürzte vor dem Tor auf den Boden.

Mel schrie erschrocken auf. Trotz der

Hitze des Feuers gefror Laura das Blut in den Adern. Der brennende Ast versperrte Mel den Weg nach draußen!

Laura konnte durch den zunehmenden Rauch gerade noch das Entsetzen in Mels Augen erkennen. Es gab nur eine Möglichkeit für sie, der Gefahr zu entrinnen.

„Du musst auf Silver steigen und mit ihm über den Ast springen, Mel! Es ist deine einzige Chance!", rief sie der Freundin zu.

„Er wird nicht springen!", schrie Mel verzweifelt zurück.

„Du musst es trotzdem versuchen!"

Blacky fest an sich gepresst, kletterte Mel auf Silvers Rücken.

Verzweifelt sah Laura sich um. Aber sie konnte weder Mr Miller noch die Feuerwehr entdecken. Sie waren auf sich allein gestellt.

„Silver, bitte!", beschwor sie das Pony, als Mel auf den Ast zutrabte. „Du musst darüber springen! Du darfst Mel jetzt nicht im Stich lassen! Tu es für sie!"

Über den Lärm des Feuers hinweg hörte sie Silvers ängstliches Wiehern. „Bitte spring, Silver", flehte Laura inständig. „Sternenschweifs magische Kräfte können dir jetzt nicht helfen, aber du kannst es trotzdem. Bitte, Silver, oh bitte, spring!"

Angst erfüllte sie, als Silver immer noch zögerte. Jetzt würde er sich wohl erst recht nicht trauen zu springen.

„Melanie!" Der bestürzte Aufschrei von Mr Miller ließ Laura herumfahren. Mels Vater rannte den Hügel hinauf auf sie zu. Blankes Entsetzen stand in seinem Gesicht.

Für einen Augenblick stieg Hoffnung in Laura auf, doch schnell gab sie sie wieder auf. Mr Miller würde niemals alleine den schweren Ast bewegen können. Es gab für

Mel nur einen einzigen Ausweg – Silver musste springen!

Sternenschweif schien zu dem gleichen Schluss gekommen zu sein. Er warf seinen Kopf zurück und wieherte Silver beschwörend zu. Als er das tat, zuckte ein Blitz über den Himmel, der Sternenschweifs graues Fell in ein strahlendes, weißes Licht hüllte.

Laura sah, wie urplötzlich ein neuer, mutiger Ausdruck in Silvers Augen stand. Wie Sternenschweif warf er seinen Kopf zurück und dann galoppierte er los. Mel klammerte sich mit ihrer freien Hand an seiner Mähne fest. Seine Sprünge wurden länger. Seine Ohren stellten sich nach vorn und im nächsten Augenblick flog er mit einem großen Satz über den brennenden Ast hinweg.

Mel drückte Blacky wie betäubt an sich. Erstaunen, Erleichterung und Freude wechselten sich in ihrem Gesicht ab, als sie auf Laura und Sternenschweif zugaloppierten.

„Er hat es getan!", rief sie. Sie rutschte aus dem Sattel, als Silver zum Stehen gekommen war. „Er ist gesprungen, Laura! Er ist tatsächlich gesprungen!"

„Er war großartig!", versicherte Laura überglücklich und Sternenschweif wieherte zustimmend.

In diesem Moment erreichte sie Mr Miller. „Mel! Um Himmels willen!" Vor Aufregung konnte er kaum atmen. „Ich dachte schon, du würdest dort nicht mehr herauskommen! Was hattest du bloß im Heuschober zu suchen?"

„Ich musste doch Blacky retten", stammelte Mel.

„Aber ich habe dir doch gesagt, du sollst in der Scheune bleiben!" Mr Miller nahm seine Tochter ganz fest in die Arme und gab ihr einen Kuss auf die Stirn. „Ich bin so froh, dass dir nichts passiert ist."

„Da kannst du dich ganz allein bei Silver bedanken." Froh löste sich Mel von ihrem Vater und umarmte den kleinen

Apfelschimmel. „War er nicht großartig, Dad?"

Mr Miller lächelte Silver an. „Er ist der Beste!"

Silver schnaubte stolz, seine dunklen Augen strahlten vor Freude.

Als die Feuerwehr eintraf und begann, das Feuer zu löschen, half Mr Miller den Mädchen bei der Zubereitung einer Futtermischung aus warmer Kleie, Möhren und Melasse für Silver und Sternenschweif. Nachdem sie die beiden Ponys trockengerieben und in zwei Boxen untergebracht hatten, gingen Laura und Mel ins Haus.

„Ich bin so müde, dass ich mich kaum noch auf den Beinen halten kann", klagte Mel, als sie und Laura ihre Stiefel an der Hintertür auszogen.

„Geht mir genauso", pflichtete ihr Laura bei.

Mrs Miller wartete schon auf sie. Sie war bestürzt, dass Mel ein solch großes Risiko eingegangen war, um die Kätzchen zu retten. Gleichzeitig war sie jedoch so froh, dass die Mädchen in Sicherheit waren, dass sie ihnen zwei große, dampfende Becher mit heißer Schokolade eingoss.

Als Laura durch die offen stehende Küchentür sah, wie sich die Feuerwehrmänner bei Mr Miller verabschiedeten, seufzte sie erleichtert auf. Zum Glück hatten die Flammen nicht auf den Heuschober übergegriffen und Mr Millers Heu verschont.

Letztendlich, dachte Laura, war alles gut ausgegangen. Sie, Mel und die beiden Ponys waren in Sicherheit. Blacky, das kleine Kätzchen, war wieder mit Minny vereint und Mel hatte der kleinen Familie eine neue Unterkunft in der Box neben Silver zurechtgemacht.

Laura schauderte bei dem Gedanken, dass alles auch ganz anders hätte ausgehen können. Wenn Silver nicht so tapfer gewesen wäre ... Sie mochte gar nicht daran denken, was dann hätte passieren können. Sie erinnerte sich, wie er kurz vor dem brennenden Ast gezögert hatte. Woher hatte er auf einmal den Mut gehabt zu springen?

Mr Miller brachte Laura und Sternenschweif schließlich mit dem Pferdetransporter nach Hause. Er erzählte ihren Eltern von dem Feuer. Auch sie waren froh, dass alles gut ausgegangen war.

In der Nacht, als alle schliefen, verwandelte Laura Sternenschweif wieder in ein Einhorn. Sie fragte ihn, ob er wisse, warum Silver schließlich den Sprung gewagt hatte.

„Das kann ich dir auch nicht sagen. Sollen wir ihn besuchen, um es herauszufinden?"

Laura stimmte sofort zu, kletterte auf seinen Rücken und mit einem kräftigen Stoß seiner Hinterbeine erhob sich Sternenschweif in den nächtlichen Himmel.

Silver war für die Nacht wieder auf die Koppel gebracht worden. Sie fanden ihn grasend im unteren Teil der mondbeschienenen Weide. Laura sprang von Sternenschweifs Rücken und lief zu ihm hinüber. „Du warst heute wirklich großartig, Silver", sagte Laura, nachdem er sie mit einem leisen Schnauben begrüßt hatte. „Ehrlich gesagt, ich hätte nicht gedacht, dass du springen würdest, aber du warst so mutig.

Wieso konntest du auf einmal deine Angst überwinden?"

Silver antwortete mit einem leisen Wiehern.

„Er sagt, ich hätte im Licht des Blitzes wie ein Einhorn ausgesehen", übersetzte Sternenschweif für Laura. „Er erkannte, dass er, wenn er Mel retten wollte, genauso mutig sein musste wie in jener Nacht, als ich ihn mit meinem Horn berührte – so mutig wie ein Einhorn."

Laura nickte, sie erinnerte sich an den Ausdruck in Silvers Augen, als der Blitz Sternenschweifs Fell erstrahlen ließ. Jetzt ergab alles einen Sinn. Sie sah den kleinen Apfelschimmel an. „Du warst wirklich toll, Silver! Und das Beste daran ist, dass dir die Sprünge im Ponyclub im Vergleich zu dem riesigen Ast winzig erscheinen werden. Die wirst du alle mühelos meistern."

Silvers Schnauben klang nicht so, als würde er das glauben. Sternenschweif übersetzte wieder. „Er sagt, dass er nur über den Ast springen konnte, weil er keine andere Wahl hatte."

Laura runzelte die Stirn. „Aber Sternenschweif war kein Einhorn, als du über den Ast gesprungen bist, Silver. Du bist gesprungen, weil du in Wahrheit mutig bist."

Sternenschweif schnaubte zustimmend.

Silver starrte Laura an, als hätte sie etwas absolut Unglaubliches gesagt.

„Du hast Mels Leben gerettet, Silver", fuhr Laura fort. „Wenn du das konntest, kannst du alles andere auch tun."

Ein neuer, zuversichtlicher Ausdruck ließ Silvers Augen leuchten.

Laura kletterte wieder auf Sternenschweifs Rücken. „Wir müssen jetzt wieder zurück. Gute Nacht, Silver."

Silver schnaubte stolz und schüttelte seine Mähne, als Laura und Sternenschweif in die Nacht emporflogen.

Am Samstagnachmittag beobachtete Laura gemeinsam mit Sternenschweif, wie Mel mit Silver in den Parcours ritt, den Kathy, ihre Trainerin im Ponyclub, aufgebaut hatte.

Es war für Laura nicht leicht gewesen, Mel zur Teilnahme an dem Springturnier zu überreden. Die Erinnerung an Silvers großartigen Sprung über den brennenden Ast hatte schließlich den Ausschlag gegeben.

„Ich verstehe nicht, warum Mel überhaupt hier ist." Janas abfällige Bemerkung drang schneidend an ihr Ohr. Gemeinsam mit Monica beobachtete Jana die beiden. „Silver wird nie im Leben einen ganzen Parcours springen. Letzten Monat hat er nicht einmal einen einzigen Sprung geschafft."

Laura schluckte eine Erwiderung herunter. Stattdessen drückte sie ganz fest beide Daumen. Der Parcours war nicht lang, aber kurvenreich und bis jetzt war keinem aus der Gruppe ein fehlerfreier Durchgang gelungen.

Janas Pony Prinz hatte drei Stangen abgeworfen und Scout, Monicas Pony, hatte dreimal verweigert. Sternenschweif hatte nur eine Stange abgeworfen. Das machte Laura nichts aus. Sie wusste, dass er sein Bestes gegeben hatte. Als Mel mit Silver auf das erste Hindernis zugaloppierte, drückte sie ihre Daumen noch fester und hielt den Atem an. Würde Silver stehen bleiben oder springen?

Nein! Zu ihrer Freude sah sie, wie sich die Ohren des Ponys aufmerksam nach vorn richteten, seine Galoppsprünge länger wurden und es fehlerfrei über das erste Hindernis setzte. Silver nahm einen Sprung nach dem anderen. Als er über die letzte Stange flog, beklatschten die Zuschauer begeistert seine perfekt gesprungene, fehlerfreie Runde.

Mel tätschelte Silvers Hals, als wollte sie nie wieder damit aufhören.

Beim Anblick der glücklichen Gesichter von Mel und Silver fiel Laura Sternenschweif überglücklich um den Hals. „Ist das nicht herrlich, Sternenschweif?", flüsterte sie. „Ich bin so froh, dass du den beiden helfen konntest."

Sternenschweif schüttelte seinen Kopf und stupste sie mit seiner Nase an. Laura verstand sofort, was er ihr sagen wollte. „Okay, du hast ja Recht." Liebevoll legte sie den Arm um ihn. „Sagen wir es besser so: Ich bin so froh, dass wir gemeinsam den beiden helfen konnten!"

Sternenschweif

Linda Chapman
Die Macht des Einhorns
ISBN 978-3-440-10385-2

Linda Chapman
Flug durch die Nacht
ISBN 978-3-440-10610-5

Linda Chapman
Geheimnisvolles Fohlen
ISBN 978-3-440-10611-2

Wenn Laura im Schutz der Dunkelheit die magischen Worte spricht,
verwandelt sich ihr Pony Sternenschweif in ein strahlendes Einhorn.
Dann können die beiden sogar durch die Luft galoppieren! Welche
verborgenen Zauberkräfte mag Sternenschweif noch besitzen?

In der Reihe sind außerdem erschienen:

- Geheimnisvolle Verwandlung   ISBN 978-3-440-09901-8
- Sprung in die Nacht   ISBN 978-3-440-09900-1
- Der steinerne Spiegel   ISBN 978-3-440-09987-2
- Lauras Zauberritt   ISBN 978-3-440-09986-5
- Sternenschweifs Geheimnis   ISBN 978-3-440-10169-8
- Freunde im Zauberreich   ISBN 978-3-440-10238-1
- Nacht der 1000 Sterne   ISBN 978-3-440-10339-5

Jeder Band mit: 128 Seiten
Je € 7,95; €/A 8,20; sFr 14,20
Preisänderung vorbehalten

www.kosmos.de

KOSMOS

Sternenschweif